AF496230

LE MIROIR,

COMÉDIE

EN UN ACTE ET EN VERS.

*Représentée par les Comédiens Italiens,
le 28 Août 1747.*

Par M***.

Res est solliciti plena timoris amor.

Prix vingt-quatre sols.

A PARIS,

Chez CAILLEAU, rue S. Jacques, au-dessus
de la rue des Mathurins, à S. André.

M. DCC. XLVII.

Avec Approbation & Permission.

AVERTISSEMENT.

J'AI pris l'idée de cette Comédie dans un Livre connu de tout le monde : on ne me doit juger que sur le choix du sujet & sur la façon dont je l'ai mis au Théâtre : encore ai-je grand besoin que l'indulgence préside à ce jugement. Cet Ouvrage est un coup d'essai ; le premier fruit qu'un arbre porte est rarement excellent : mais en le goûtant on connoît assez ordinairement si l'arbre vaut la peine d'être cultivé dans l'attente qu'il en produira de meilleur. Je m'estimerai trop heureux si la lecture de cette Piéce ne détruit point l'espérance que le Public a paru concevoir de moi, lorsqu'il l'a vû représenter.

ACTEURS.

AMURAT, Prince Indien, Amant
  de Zelmire,   *M. Riccoboni.*

ZELMIRE, Esclave, Amante
  d'Amurat,   *Mlle. Riccoboni.*

ZELIDE, suivante de Zelmire,   *Mlle. Catine.*

ALADIN, suivant d'Amurat,   *M. Deshaïes.*

ALMORADIN, Prince des
  Genies de l'air,   *M. Rochard.*

SCAPIN, Marchand d'Esclaves,   *M. Ciavarelli.*

La Scene est dans un Sallon du Palais d'Amurat.

LE MIROIR,

COMÉDIE.

Le Théâtre repréfente un Sallon orné de Vafes précieux.

SCÉNE PREMIERE.

ALADIN, ZELIDE.

ZELIDE.

ON, laiffe-moi, je ne veux rien entendre;
Traître, je te fuis pour toujours.
ALADIN *l'arrêtant.*
Un moment.... Sçais-tu bien qu'à tous ces beaux difcours
Je veux être affommé fi je puis rien comprendre.
ZELIDE *d'un ton ironique.*
Oh ! je le crois, tu n'es ni fourbe, ni trompeur.
ALADIN.
Mais avec toi du moins, je fuis toujours fincére....
Pourrois-je te tromper, toi qui charmes mon cœur.

A iij

LE MIROIR,

ZELIDE.

Perfide.

ALADIN *lui tendant la main.*

Allons, plus de colere....
Tu m'aimes....

ZELIDE.

Moi, t'aimer ! Ah ! ne t'en flatte pas....
Tiens, si j'avois cette foiblesse,....

ALADIN.

Quoi ! Zelide, ton cœur partageoit ma tendresse
Lorsque je quittai ces climats;
Je reviens, & ton amour cesse ?

ZELIDE.

Eh, que te fait mon changement ?
Ingrat, n'est-il pas ton ouvrage ?
C'est toi, qui commenças à devenir volage.
As-tu droit d'exiger d'être aimé constamment ?
Tu me laisses six mois en proye à mille allarmes
Mes efforts n'avoient pû t'arrêter en ces lieux,
Tu ne m'aimois plus, & mes larmes
Ont pour jamais éteint mes feux.

ALADIN.

Il me falloit suivre mon Maître,
Et je te quittois malgré moi :
Amurat, du Ciel même avoit reçu la loi
De sortir de l'Inde.

ZELIDE.

Le traître !...
Le Ciel lui commandoit d'oublier son amour ?
D'abandonner Zelmire à sa douleur mortelle,
Pour aller loin de ce séjour
Chercher une esclave plus belle ?

ALADIN.

A l'amour de Zelmire, Amurat est fidele,

Tu peux m'en croire, & rien n'eft plus certain.
En approchant de ces lieux ce matin,
L'efpoir de voir bien-tôt ton aimable Maitreffe
Faifoit naître en fon cœur une vive allégreffe,
Dont à peine il pouvoit retenir le tranfport.
    Non, Zelide, non, ce voyage.
        Qui vous allarme, & vous trouble fi fort,
        N'a point rompu le nœud qui nous engage.
Ce voyage, il eft vrai, paroît myftérieux ;
Au diable, fi pour moi je fçai ce qu'il veut dire.
Nous partons en faifant les plus triftes adieux,
Tout le long du chemin on gemit, on foupire :
Dans une Ifle écartée enfin nous arrivons ;
        En débarquant nous y trouvons
        Un Talifman, invention du diable ;
        Mon Maître très-imprudemment
Y touche.... pata tras... un Genie effroyable
        Du haut des airs defcend en un moment....
T'en tracer le portrait n'eft pas fort néceffaire....
        Je pourrois cependant le faire
Si je l'avois bien vû ; mais un mortel friffon
M'avoit glacé les fens, & comme de raifon
J'étois évanoui ; le Genie & mon Maître
        Pendant ce tems eurent peut-être
        Quelque petit mot d'entretien,
        Dont, ma foi, je n'entendis rien.
        Nous fortons bien-tôt de cette Ifle,
        Et nous courons de ville en ville :
Le Prince en chaque endroit fait venir devant lui
        Les Efclaves les plus aimables.
        J'en ai, parbleu, vû d'adorables,
Dont l'afpect féduifant calmoit un peu l'ennui
        Que me caufoit ta longue abfence ;
        Cela foit dit fans conféquence.

ZELIDE.

Oh, j'y prends fort peu d'intérêt ;
Mais voyons donc enfin de ces filles charmantes
Combien ammenez-vous en ces lieux, s'il vous plaît ?

ALADIN.

La , la.... Zelmire & toi , devez être contentes ;
Nous n'en ammenons point : sans peine à vos appas
     Nous en faisons le sacrifice....
Eh bien , sommes-nous donc à présent des ingrats ,
Des traîtres.... Apprenez à nous rendre justice ,
Et sans les écouter ne jugez point les gens.

ZELIDE.

Mais , dis donc , Aladin , se pourroit-il bien faire
Qu'Amurat n'en eût pas une seule.... Tu ments...

ALADIN.

Bon , une seule a-t-elle pû lui plaire ?
    Il les recevoit froidement ,
Et du premier abord sans autre compliment ;
Il tiroit de son sein une petite glace
    Qu'il présentoit à ces jeunes beautés ;
Il les voyoit dedans , & tout aussi-tôt...* passe....
Une autre.... ainsi de suite, & puis Messieurs , partés....
    Assurément ces Demoiselles
    Sont très-aimables , sont très-belles ;
Mais je ne puis.... Ah...(*il rit*) ah... est-il rien si plaisant
    Que de voir un Prince puissant
    Courir partout faire mirer des filles...

ZELIDE.

Il eût pû s'épargner ce soin.

ALADIN.

Oui , oui , vous vous trouvez toujours assez gentilles
Pour voler au miroir, sans qu'il soit trop besoin
De vous le présenter.

ZELIDE.

              Mais ce joli manége

Est donc enfin cessé ?

---

* Il contrefait Amurat.

ALADIN.

Cessé ! bon , & pourquoi?
N'est-il pas amusant d'avoir le privilége
De faire minauder vingt filles devant soi ,
De les voir se mirer.... Il faut bien qu'à mon Maître
Ce jeu plaise beaucoup : car dès ce même jour
Celles de ce pays devant lui vont paroître.

ZELIDE.

C'est donc ainsi qu'il est fidele à son amour ?
Quoi sous les yeux de l'aimable Zelmire
L'ingrat vient faire un autre choix ?
Il vient avec éclat s'affranchir de ses loix ?
Et tu pourrois penser..... va fourbe , va lui dire
Que Zelmire reduite au dernier désespoir ,
Ne veut jamais l'entendre ni le voir ,
Qu'elle le hait , le déteste , l'abhorre....

ALADIN.

Fort bien... en avez-vous encore....?

ZELIDE *allant sur Aladin , qui se recule.*

Oui , je t'avertis que pour toi ,
Je t'arracherai le visage
Par tout où tu viendras te présenter à moi.

SCENE II.

ALADIN *seul.*

TA , ra , ta , ta , ta , ta.... quel fracas ! quel tapage !
Le bel accueil après un long voyage !
On me ménace , l'on me fuit....
Mais on m'aime pourtant , puisqu'on fait tant de bruit :
L'indifférence est plus tranquile ,
Le seul amour jaloux échauffe ainsi la bile ;

Tout cela va fort bien... Mais me voilà réduit
    A soupirer auprès de la cruelle,
A pleurer s'il le faut, afin d'obtenir d'elle
    Qu'elle consente à nous rapatrier,
    Et qu'il lui plaise d'oublier
L'effort qu'elle s'est fait pour me chercher querelle,
    Pour se fâcher sans trop sçavoir pourquoi.
Tout le plaisir d'aimer, est ma foi pour les femmes ;
    Sans se gêner elles donnent la loi :
Leurs caprices jaloux tiranisent nos ames ;
Que ne souffrons-nous pas quand le toupet leur prend ?
    A peine encor le plus souvent
    Nous permet-on de nous plaindre.
    Un seul moment, cessons de nous contraindre,
    Nous les voyons bien-tôt changer ;
    Heureux qu'elles nous pardonnent
    La peine qu'elles se donnent
    De nous faire enrager.
J'apperçois Amurat... Ciel ! que vais-je lui dire ?

SCENE III.

AMURAT, ALADIN.

AMURAT.

REVERRAI-je bien-tôt Zelmire ?
Son cœur de mon retour t'a-t-il paru charmé ?
    S'est-elle plaint de mon absence ?
Partage-t-elle enfin ma tendre impatience ?
Et puis-je me flatter d'en être encore aimé ?...
Tu ne me répons point... D'où vient donc ce silence ?

ALADIN.

Vous répondre ! Eh, Seigneur, m'en donnez-vous le tems ?
Vous autres amoureux êtes faits de la sorte,
Quand vous parlez d'amour votre feu vous emporte ;
Vous faites à la fois cent questions aux gens,

Vous ne finiffez point....
AMURAT.
                    Finiras-tu toi-même ?
M'apprendras-tu ce que je veux fçavoir ?

ALADIN *gravement*.

Très volontiers ...., Seigneur, la raifon nous fait voir
          Qu'affez fouvent, lorfque l'on aime,
          On eft fujet à des évenemens,
          Qui pourroient troubler la cervelle
          De ceux qui ne l'auroient point telle....

AMURAT.

          Mais quels maudits raifonnemens !
Traître, m'inftruiras-tu....
ALADIN,
                    Tout doucement... Or, comme
          C'eft un grand malheur pour un homme,
          Quand une fois il eft devenu fou
De n'avoir plus d'efprit ni de raifon du tout....

AMURAT.

          O Ciel ! as-tu perdu la tienne ?
Pour parler de la forte ....
ALADIN.
                    Il faut qu'il vous fouvienne....
AMURAT.
          Encor..., boureau.....
ALADIN.
                    Q'aucun malheur
Ne doit jamais ébranler un grand cœur ;
AMURAT.
          Que le Ciel puiffe te confondre,
De tous ces fots difcours je fuis enfin laffé
          Zelmire...
ALADIN.
          Enfin...
AMURAT.
                    Veux-tu bien me répondre ?

ALADIN *vivement.*

Oh , fi vous êtes fi preffé ,
Tenez, apprenez donc que l'amour de Zelmire
Depuis votre départ eft tout-à-fait ceffé ;
Qu'elle vous hait cent fois plus qu'on ne fçauroit dire
    Et ne veut vous revoir jamais.

AMURAT.

O Ciel ! mais Aladin . . . .

ALADIN.

        Point de fi , ni de mais :
Ce que je vous dis-là , c'eft la vérité pure.

AMURAT.

Zelmire eft infidelle . . .

ALADIN.

    Eh oui , vous dis-je , eh oui.

AMURAT.

Elle me haït. . . .

ALADIN.

    Voulez-vous que j'en jure ?

AMURAT.

Dieux , qui l'eut pû penfer ?

ALADIN.

      Mais dans cette avanture
Que trouvez-vous de rare , d'inoui ?
Pour moi , je n'y vois rien qui doive vous furprendre ,
    Et même , foit dit en paffant,
Je crois qu'à tout ceci vous deviez vous attendre.
    Chez les femmes l'objet préfent,
A feul le droit d'intéreffer, de plaire;
    Le plus aimable étant abfent,
Après foi laiffe à peine une trace légère
    Que le tems a bien-tôt détruit.

AMURAT.

Quel fatal deftin me pourfuit !

Les rigueurs d'une longue abfence
Ont déchiré mon cœur fans éteindre mes feux ;
Je reviens fidéle en ces lieux ;
Et pour le prix de ma conftance ,
Je perds l'objet de tous mes vœux.

ALADIN.

J'éprouve la même infortune ,
Zelide ne veut plus me voir , ni me parler ;
La difgrace nous eft commune ,
Et cela doit vous confoler.

AMURAT.

Que cette difgrace eft cruelle !
Zelmire pour jamais me bannit de fon cœur :
Et ce qui la rend infidelle
N'a fait qu'augmenter mon ardeur.

ALADIN.

Eft-il poffible ! Eh quoi ! ces Efclaves fi belles]
N'ont pû vous infpirer ?...

AMURAT.

Non , je cherchois entre elles
Un objet qui peut feul affurer mon bonheur.

ALADIN.

Et Zelmire a penfé qu'oubliant fa tendreffe
Vous vouliez , entre ces beautés
Faire choix d'une autre Maîtreffe.

AMURAT.

Quelle erreur !

ALADIN.

Eh ! mais écoutés ,
C'eft votre faute : l'apparence
Eft contre vous , & c'eft plus qu'il ne faut
Entre Amans pour rompre bien-tôt
La plus parfaite intelligence :
D'ailleurs fi vous brûlez toujours des mêmes feux ,
Je ne vois pas trop , quand j'y penfe ,
Comment cet objet-là pourroit vous rendre heureux.

AMURAT.

Ecoute , je te vais reveler ce myftere :
Un jour que j'étois en ces lieux
'A contempler ces biens que ma laiffé mon pere ;
Un fpectacle étonnant vint s'offrir à mes yeux :
Ce mur s'ouvre , j'approche , & je vois huit ftatuës ;
Que du Prince des airs mon pere avoit reçuës :
L'or & les diamans brilloient de toutes parts ,
    Mais leur éclat flattoit moins mes regards
Que le travail divin qui forma cet ouvrage :
    Surpris d'un fi rare affemblage ,
Je l'admire , & je vois un autre piédeftal
    D'or & d'une grandeur extrême :
Ces mots étoient écrits fur ce riche métal :
Amurat , ton bonheur dépend de la neuviéme ;
    Pour l'obtenir va voir Almoradin.
    Je partis dès le lendemain
Bien réfolu de devenir le maître ,
    D'un bien fi précieux ,
    A quelque prix que ce pût être.
Bien-tôt j'arrive : & tu fçais . . . .

ALADIN.

                    Juftes Dieux !
Je tremble encor lorfque je me rappelle
    La crainte , la frayeur mortelle
    Qui me faifit , quand à nos yeux
    Ce Genie affreux vint paroître ;
Et fans trop me flatter , je crois qu'il faut du cœur
    Pour être en pareil cas le maître
    De ne pas mourir de frayeur.

AMURAT.

Oui , fans doute , & tandis que par trop de courage
Ton cœur du fentiment avoit perdu l'ufage ,
Almoradin jura de m'accorder un jour
Ce tréfor dont dépend le bonheur de ma vie :
Mais pour le prix d'un bien auffi digne d'envie ,
    Il me fit jurer à mon tour
    De lui donner la première Indienne
Que je pourrois trouver belle , fans être vaine ,

Et dont le cœur fenfible au feul plaifir d'aimer,
    Eût ignoré celui de plaire,
    Et ne fe fût laiffé charmer
    Que d'un amour pur & fincére.

ALADIN.

Sur ce pied-là, ma foi, renoncez à l'erreur
    Qui vous flatte d'un vain bonheur:
    Almoradin demande l'impoffible,
    Et vous le fçavez ; en ce jour
    Ce n'eft plus aux feux de l'amour,
    C'eft au plaifir qu'on eft fenfible.

AMURAT.

L'amour, fur tous les cœurs n'a pas perdu fes droits,
Et l'on en voit encor, qui foumis à fes loix…

ALADIN.

Quand cela feroit vrai, le moyen de connoître
    Que lui feul régne dans un cœur;
    On fe déguife, on veut toujours paroître
    Epris de la plus belle ardeur :
Et ce n'eft bien fouvent que foi-même qu'on aime
Quand on jure d'aimer un objet pour lui-même.

AMURAT *lui montrant un petit miroir.*

Par ce fecours je puis aifément le fçavoir.
    La premiere dont ce miroir
    Me préfentera le vifage
    Couvert de ce vif incarnat,
Secret garant d'un cœur fenfible & délicat,
    Celle-là fera le partage
Du Souverain des airs : les autres qui feront
    Indignes d'un tel avantage
    Dans cette glace pâliront.

ALADIN.

Le joli meuble de toilette !

AMURAT.

Dès que par fa vertu fecrette
J'aurai connu l'objet que veut Almoradin,
Ce Genie à mes yeux fe fera voir foudain….

ALADIN.

Enfin, Seigneur, dans cette affaire,
Je commence à voir un peu clair :
Mais, ma foi, je ne puis m'en taire,
Ce Monsieur, le Prince de l'air,
Vous charge-là d'un plaisant rôle à faire.

AMURAT.

La gloire d'un mortel est d'obéir aux Dieux.
Jusqu'ici, cependant malgré toutes mes peines,
Mes recherches ont été vaines;
J'ai porté mes pas en tous lieux,
J'ai vû dans ce Miroir mille & mille Indiennes;
Et toutes ont pâli :

ALADIN.

Le fait est merveilleux;
Trouve-*t*-on aujourd'hui des filles qui rougissent?

AMURAT.

Peut-être en ce pays serai-je plus heureux.

ALADIN.

Vous le sçaurez bien-tôt, vos ordres s'accomplissent;
Et déja cent beautés ont rempli ce Palais;
Tout en chemin faisant, j'ai lorgné leurs attraits;
Quels attraits ! mais voici le Marchand qui s'avance;
Il peut en parler mieux que moi.

SCENE IV.

AMURAT, ALADIN, SCAPIN.

SCAPIN *se proſternant.*

Salamalec. (*à Aladin.*) Bon jour. Salama....

AMURAT.   Leve-toi.

Que veux-tu ?

SCAPIN *se proſternant de nouveau.*

Salama....

AMURAT.

Finis ta révérence,

Parle.

SCAPIN (*à part.*)

Ce Prince-là me paroît bon garçon,
Tant mieux, j'aime avec moi qu'on aille ſans façon,
(*A Amurat.*)
Seigneur, c'eſt un petit mémoire,
Bien fait en conſcience ; & vous pouvez m'en croire ;
Je ſuis homme d'honneur : le métier que je fais
En eſt une preuve certaine.

AMURAT.

Je le crois, mais voyons....

SCAPIN.

J'ai fait de ſi grand frais :
Et ces Eſclaves-là m'ont donné tant de peine !...

AMURAT.

Mais, enfin....

SCAPIN.

Oh ! Seigneur, vous en ſerez content :
Des plus rares beautés vous aurez là l'élite....
Si vous vouliez me payer tout de ſuite....
Je ne crains point pour mon argent ;

B

Mais le tems eſt ſi dûr & ſi vous ſçaviez comme...
　　　(*A Aladin.*)
Toi, ſans rabatre rien, fais-moi payer la ſomme,
　　Je te promets une Eſclave à ton gré
　　Gratis au moins...
　　　　　　　　　　AMURAT.
　　　　　　　　　　　　Mon ami, je verrai.
　　　　　S C A P I N (*à part.*)
　　　Je verrai ! le maudit préſage.
　　Ce je verrai fut toujours le langage
　　　　　De tout mauvais payeur...
　　(*A Amurat.*)
　　　　Eh, mais écoutez donc, Seigneur,
　　　　Vous vous imaginez peut-être
　Que je veux vous donner du commun, du fretin ;
　　　　Oh, vous l'allez voir : car enfin,
　Avant que d'achetter il eſt bon de connoître : *
　　(*A Aladin.*)
Où foures-tu ton nez... écoutez... & d'abord
　　　　Trente Eſclaves, Georgiennes,
Oh, quand vous les verrez, vous tomberez d'accord
Qu'il n'eſt rien de plus beau... *plus deux cens Indiennes ;*
　　　Quelles beautés ! & quels jolis minois !
Des grands yeux, un teint frais, des bouches ſi petites...
Et ces filles-là ſont d'ailleurs ſi bien inſtruites,
Que la moindre peut plaire au moins pendant un mois ;
C'eſt un profit tout clair, car enfin il en coûte
Pour changer tous les jours.
　　　　　A L A D I N.
　　　　　Et tu crois donc.
　　　　S C A P I N.
　　　　　　　　　　　Ecoute.
Trente Eſclaves de Perſe.
　　　　　A L A D I N.
　　　　　Il n'y en a que vingt.
　　　　S C A P I N.
　　Que vingt !

* Il déploye ſon papier, & Aladin s'approche pour lire avec lui ; il
lui repouſſe la tête, en diſant :

ALADIN.

Oui, j'en suis très-certain.

SCAPIN.

C'est une faute d'ortographe ;
Le Mémoire en est-il moins bon ?
Oh ! quel chicaneur !

ALADIN.

Quel fripon !

SCAPIN *à Amurat.*

J'ai mis mon nom & ma paraphe
Au bas de la quittance, il ne me reste plus
Qu'à recevoir de vos écus.

AMURAT.

Oui, mais je ne veux point avoir toutes ces filles.

ALADIN.

Oh ! quand vous les verrez, elles sont si gentilles
Que pas une ne restera.

AMURAT.

Je n'en veux qu'une seule.

ALADIN.

Eh bon, vous voulez rire ;
Une seule, Seigneur, peut-elle vous suffire,
Le plus petit Bourgeois en a plus que cela.

AMURAT.

Enfin, je n'en veux qu'une….

ALADIN.

Etant riche, à vôtre âge. . . .
(*A part*) Ho ! cela ne se comprend pas.
Je crois qu'il a raison, il n'a pas bon visage ;
(*A Amurat.*)
Mais, dites-moi, pour vous laquelle a plus d'appas.

AMURAT.

Il faut les voir.

ALADIN.

Bon, bon, qu'importe ;
Cela n'y fait rien : voulez-vous
Qu'elle soit blonde, & qu'elle ait les yeux doux,
Et l'air toujours à demi morte ;
Ah ! cela se vend bien, ou le diable m'emporte :

La voudriez-vous brune , & les yeux pleins de feu ;
Pétillante & sur-tout d'une blancheur parfaite,
Celles-là sont encor d'assez bonne défaite ;
Au Marchand , il en reste peu. . . .
Mais un minois de fantaisie
Peut-être vous plairoit-il mieux. . . .
Un minois. . . là. . . piquant, qui charme tous les yeux
Sans que sa beauté soit finie. . .
Oh ! de ceux-là , ma foi , je n'ai jamais assez ,
C'est la fureur , & chacun en demande. . . . .
La voulez-vous petite ou grande ?

AMURAT.

Je veux toutes les voir. . . Allons. . .

SCAPIN *faisant des façons pour donner le pas au Prince.*

Seigneur, passez.

Ah ! je sçais vivre.

AMURAT.

Heureux , si le sort me présente
L'objet qui peut seul en ce jour
Dissiper les soupçons d'une infidelle Amante,
Et lui prouver l'excès de mon amour.

SCENE V.

ALADIN.

S'IL pouvoit avec sa Maitresse
Faire sa paix, que je serois content !
Avec l'objet de ma tendresse
J'en aurois bien-tôt fait autant :
Les valets sont en tout les singes de leurs Maitres ;
Et quand ceux-là redeviennent amis,
Les autres se croiroient des traîtres.
S'ils restoient ennemis.
Quelqu'un vient, ma foi, c'est Zelide ;
Allons , quittons vîte ces lieux :
Nous exposer au couroux qui la guide ,
Ce seroit hazarder de perdre les deux yeux.

SCENE VI.

ZELMIRE, ZELIDE.

ZELMIRE.

NON, mon cœur veut en vain excuſer un perfide;
Non, je ne dois plus l'écouter.
Amurat me trahit, je n'en ſçaurois douter :
Guidé par ſa ſeule inconſtance,
L'ingrat ne fuyoit ma préſence
Que pour s'en aller loin de moi
Chercher un autre objet plus digne de ſa foi :
Et s'il revient après ſix mois d'abſence,
C'eſt pour mieux braver aujourd'hui,
L'amour dont il ſçait trop que je brûle pour lui . . .
J'ai tout perdu : je n'ai plus d'eſpérance ;
Et chaque inſtant ajoute à ma douleur. . . .
Mais, ma chere Zelide, en es-tu bien certaine,
L'excès de ma cruelle peine
N'eſt-il point l'effet d'une erreur
D'un faux rapport. . . . Enfin ne ſe peut-il pas faire
Qu'Amurat. . . .

ZELIDE.

Eh, pourquoi vous plaire
A douter d'un malheur dont vos yeux ſont témoins ?
Ce que je vous ai dit n'eſt que trop véritable :
Et plût aux Dieux qu'il le fut moins.

ZELMIRE.

Mais, s'il étoit bien vrai qu'Amurat fut coupable
Demandroit-il à me revoir ?
Auroit-il le cœur aſſez noir
Pour chercher à jouir du tourment qui m'accable !
Non, je le connois trop pour le croire capable
De goûter un plaiſir ſi barbare & ſi bas.

ZELIDE.

Belle Zelmire en pareil cas,

Notre cœur souvent nous abuse ;
Il nous diffimule, il excufe
Les outrages cruels qu'on fait à nos appas :
Et tant que de notre ame un ingrat eft le maître,
La raifon a beau l'accufer,
Nous ne fçaurions nous réfoudre à penfer
Qu'il foit un inconftant, un traître...

ZELMIRE.

Dieux ! c'eft lui que je vois paroître...
Quel trouble dans mon cœur fa préfence fait naître ?
Cachons lui, s'il fe peut, le défordre où je fuis...
Mais, quel fecret penchant m'arrête ?
Je veux l'éviter.... je ne puis....
Demeurons, ma vengeance eft prête,
Jouiffons du plaifir de confondre un ingrat.

SCENE VII.

ZELMIRE, AMURAT.

AMURAT fans voir Zelmire.

QUEL deftin eft le tien, malheureux Amurat ?
L'unique objet que ton ame defire
Echappe à tous tes foins, & te fuit en tous lieux ;
Dans ce Palais, en vain j'ai fait conduire
Les plus jeunes beautés... (*il voit Zelmire*) mais que vois-je,
grands Dieux !
Quel bonheur vous offre à mes yeux !
Ah ! moins je l'efpérois & plus j'y fuis fenfible,
Belle Zelmire...

ZELMIRE.

O, Ciel ! eft-il poffible
Que vous ofiez encor vous préfenter à moi ?
Penfez-vous m'abufer en vous forçant à feindre.
Ah ! ne l'efpérez point, ceffez de vous contraindre,
J'en fuis trop fûre, hélas ! vous me manquez de foi.

AMURAT.

Moi, vous trahir ! quelle erreur est la vôtre !
Ah ! seroit-il en mon pouvoir
D'oublier mes sermens & d'en aimer une autre ?
Vous connoissez mon cœur, & vous pouvez avoir
La cruauté de me croire un perfide !
Sur un simple soupçon votre ame se décide,
Et vous me condamnez à ne jamais vous voir :
Ai-je pû mériter cette rigueur extrême.
En vain vous m'accablez d'un injuste couroux ;
Belle Zelmire, je vous aime,
Et n'ai jamais aimé que vous :
Quand j'ai quitté ces lieux c'étoit l'amour lui-même...

ZELMIRE.

Epargnez-vous des détours superflus ;
Il seroit moins honteux après m'avoir trahie
D'avouer votre perfidie,
Que de feindre un amour que vous ne sentez plus.

AMURAT.

Je vous aime toujours, & c'est me faire outrage...

ZELMIRE.

Non, non, un cœur qui se partage
N'obéit jamais à l'amour,
C'est la volupté qui l'engage.
Satisfait d'un tendre retour,
Un Amant bien épris ne porte son hommage
Qu'au seul objet dont son cœur a fait choix :
Il n'aime, il ne suit que ses loix,
Avec plaisir il le préfére
Aux grandeurs, à tout autre bien :
Les objets les plus beaux n'ont plus droit de lui plaire ;
Il ne voit que lui seul ; les autres ne sont rien ;
Voilà le seul amour qui peut me satisfaire,
Et c'est celui que j'ai senti pour toi ;
C'est lui qui t'engagea ma foi...
Je brûlerois encor d'une flamme si pure,
Perfide, si ton cœur en eût connu le prix,
Et si tu ne m'avois appris
A devenir infidelle & parjure.

AMURAT.

Ciel ! arrêtez.

ZELMIRE.

Ne ſuivez point mes pas.

AMURAT.

Un ſeul moment, daignez m'entendre.

ZELMIRE.

Non, rien ne ſçauroit vous défendre.

AMURAT.

Vous me fuyez en vain, je ne vous quitte pas,
Ecoutez-moi, Zelmire, & vous allez apprendre...

ZELMIRE *s'arrêtant.*

De cet empreſſement, que pouvez-vous attendre
Du pouvoir de l'amour, mon cœur s'eſt dégagé,
Je ne crains point de me laiſſer ſurprendre.

AMURAT (*à part.*)

Seroit-il vrai qu'elle eut changé !
Un trouble affreux s'éleve dans mon ame,
Tout ſemble m'annoncer...., mais je puis aiſément
Connoître en ce même moment
Si l'ingratte a trahi ſa flamme.

(*A Zelmire.*)

Aimable Zelmire, eſt-ce à vous
D'éprouver ces vaines allarmes ?
Se peut-il qu'avec tant de charmes,
Votre ame s'abandonne à des ſoupçons jaloux ?
Connoiſſez mieux l'effet de l'amour le plus tendre.
Le ſort avoit daigné m'apprendre
Que mon bonheur dépend d'un bien myſtérieux,
Dont Almoradin eſt le maître :
J'aimois aſſez pour ne connoître
D'autre bonheur que de plaire à vos yeux ;
Et je craignis.... Hélas ! votre inconſtance
N'a que trop juſtifié mes craintes en ce jour ;
Je craignis de vous voir oublier mon amour,
Si ce tréſor bien-tôt n'étoit en ma puiſſance ;
Pour l'acquérir je quittai ce ſéjour....

Mais rien n'a pû changer ce cœur qui vous adore;
Et si vous en doutez encore,
Il lui présente le Miroir, & se place de façon à pouvoir la
voir dans la glace.
Cette glace peut être un gage de ma foi.
(*A part.*) Mon sort va s'éclaircir, je suis saisi d'effroi.

ZELMIRE *prenant le Miroir.*

Voyons (*à part.*) s'il est constant que je vais être heureuse,
A Amurat.　　　　　　　(*Elle se voit dans la glace*)
Mais comment se peut-il… Dieux ! qu'est-ce que je voi?
Quelle extrême rougeur ! ô Ciel ! je suis affreuse.

AMURAT,

Ah ! chere Zelmire, à mes yeux
Jamais vous ne fûtes si belle :
Quelle félicité, grands Dieux !
Je trouve Zelmire fidelle.
Ne dissimulez plus : je lis dans votre cœur,
Ce Miroir m'apprend mon bonheur.
Mais, quoique ce plaisir me touche,
Je ne pourrois m'en contenter;
Si je n'en recevois l'aveu de votre bouche.

ZELMIRE.

Ah ! vous ne sçauriez en douter;
Mon cœur brûle pour vous d'une fidelle flamme.
Et les transports que j'ai fait éclater,
Trahissant malgré moi le secret de mon ame;
Etoient de sûrs garants de ma fidélité.

AMURAT.

Est-il un sort plus doux ? Ah ! j'en suis enchanté;
Que le plaisir qui succede à la peine
A de charmes & de douceur !
(*On entend un bruit de tonnerre.*)
Qu'entens-je ? Quelle horreur soudaine
Vient de s'emparer de mon cœur.

SCENE VIII.

ALMORADIN, AMURAT, ZELMIRE.

ALMORADIN *fur un nuage.*

Amurat près de toi tu vois ce qui m'attire,
Je viens te rendre heureux, & remplir tes defirs :
Tes jours ainfi que ceux de l'aimable Zelmire
Vont être déformais filés par les plaifirs.
Je veux épuifer ma puiffance
Pour le bonheur d'un objet fi charmant.

AMURAT.

Ah ! vous comblez ma plus chere efpérance ;
Mais dans ce fortuné moment,
Ne fongez qu'à Zelmire, en faifant tout pour elle,
Vous ferez tout pour moi : mon fort dépend du fien,
Et c'eft à fon bonheur qu'eft attaché le mien.

ALMORADIN.

Au fein d'une gloire immortelle,
Sur le trône des airs affife auprès de moi,
Zelmire va donner la loi
Aux efprits dont le foufle anime la nature ;
Et difpenfe la vie à ce vafte univers :
Mon cœur pour elle épris de l'ardeur la plus pure....

AMURAT.

O Dieux ! quel funefte revers !
Ah ! feriez-vous affez barbare
Pour me ravir l'objet de tous mes vœux ?
Quoi ! vous voulez me rendre heureux,
Et votre rigueur nous fépare.

ZELMIRE.

Hélas ! loin d'Amurat , penfez-vous que mon cœur,
Des biens que vous m'offrez , puiffe fentir les charmes ?
Non , fans lui pour Zelmire , il n'eft point de bonheur ;
      Sans lui la gloire & la grandeur
Ne feroient qu'augmenter ma peine & mes allarmes.
Pourquoi nous défunir , hélas ! pourquoi vouloir . . . .

ALMORADIN.

Amurat ma juré de mettre en mon pouvoir
      La premiere Efclave Indienne
      Qui rougiroit en ce Miroir ;
Le fort tombe fur toi ; je conçois votre peine,
Mais la loi du ferment.

AMURAT.

            Ah ! ce ferment eft vain ;
Mon erreur l'a dicté , mon amour m'en dégage ;
Quoi ! du fort des mortels, arbitre fouverain,
Vous fervez-vous contre eux d'un fi grand avantage ?

ALMORADIN.

Mais fouviens toi que c'eft de ta fidélité ,
A remplir en ce jour le ferment qui te lie,
      Que dépend ta félicité,

AMURAT.

N'importe.

ZELMIRE.
Expliquez-vous : Que mon ame eft faifie !

ALMORADIN.

      Ton Amant ne peut être heureux
Sans la poffeffion d'un bien myftérieux ;
      Dont le deftin m'a fait dépofitaire ;
Le bonheur de fa vie eft ma plus chere affaire :
Mais , quoique je commande à tous les élemens,
      Je ne puis cependant le faire,
S'il refufe en ce jour d'accomplir fes fermens.

ZELMIRE.
Ah ! s'il eft vrai, je me ferois un crime
      De balancer un feul moment ;
Du fort, avec plaifir, je ferai la victime ;
Puifque je puis ainfi rendre heureux mon Amant ;

Ah! c'eſt une douceur extrême
Pour un cœur bien épris des feux qui l'ont charmé,
De s'immoler ſoi-même
Au bonheur de l'objet aimé.

AMURAT.

Vous pourriez vous réſoudre à ſuivre
Une loi dont l'amour condamne la rigueur.
Avez-vous bien penſé ce que c'eſt que de vivre ;
Loin d'un objet qui régne en notre cœur ?

ZELMIRE.

Oui, quoi que je me faſſe une image terrible
Du tourment que je vais endurer loin de vous ;
Je voudrois qu'il me fut poſſible
De voler à l'inſtant, où le deſtin jaloux
Doit ſur moi ſeule épuiſer ſa colere ;
Et les momens, qu'en ces lieux je différe ;
Me ſemblent dérobés au bonheur de vos jours.

AMURAT.

Ah! banniſſez cette crainte cruelle.
Qui peut de mon bonheur interrompre le cours ;
Si vous me repondez d'être à jamais fidelle...
Mais duſſai-je du Ciel éprouver le couroux,
Rien ne poura jamais me ſéparer de vous :
Qu'ai-je affaire des biens, que m'offre le Genie ;
Si je vous perds, que peut me ſervir leur ſecours,
C'eſt de vous ſeule, hélas! que dépendra toujours
Le bonheur de ma vie....

ZELMIRE.

Mon amour me fait un devoir
De renoncer au bonheur de vous voir.
Adieu, vivez heureux, & perdez la mémoire
D'un amour autrefois ſi cher, ſi plein d'attraits :
Ah! je ſentirai moins mes maux, ſi je puis croire
Qu'un triſte ſouvenir ne trouble point la paix ;
Et les plaiſirs que le ſort vous prépare.

AMURAT.

Quel déſeſpoir de mon ame s'empare....

ALMORADIN.

Tous ces regrets sont superflus :
Zelmire ne t'appartient plus,
Et puisqu'elle y consent, elle est sous mon empire :
Esprits reconnoissez ma voix ;
Vous sçavez mes desseins, executez mes loix.

Quatre Genies enlevent Zelmire.

AMURAT.

Que vois-je ? Ah ! laissez-moi Zelmire,
Barbares, arrêtez. . . . j'expire,
Elle disparoît à mes yeux.

SCENE IX.

ALMORADIN, AMURAT.

AMURAT.

Verrez-vous sans pitié mon désespoir affreux ?
Votre cœur sera-t-il insensible à mes larmes ?
Hélas ! pour vous toucher, je n'ai plus que ces armes . . .
Quelque grands que soient les malheurs,
Qu'avec Zelmire j'aie à craindre ;
Je les souffrirai sans me plaindre ;
Sa vue adoucira leurs cruelles rigueurs :
Si son amour ne peut finir mes peines,
Ses mains au moins essuyront mes pleurs :
Je la verrai partager mes douleurs ;
Enfin je la verrai. . . . je porterai ses chaînes,
Et mes maux auront des douceurs.
Ah ! serez-vous inexorable ? *Il se jette aux genoux*
Hélas ! le malheur le plus grand. . . . *du Genie.*

ALMORADIN.

Pourquoi t'abandonner au tourment qui t'accable !

Almoradin, t'en eſt garand,
Les plaiſirs les plus doux ſuccederont à tes larmes;
Si-tôt que tu verras cet objet plein de charmes,
Que j'ai promis de t'accorder.

AMURAT *ſe relevant avec précipitation.*

Je ne veux point le voir, cruel, je le déteſte,
Heureux ſi mon amour funeſte
Ne m'eût jamais contraint à te le demander;
Rien ne peut te rendre ſenſible;
Mon déſeſpoir éclate en vain :
Ton cœur barbare eſt inflexible;
Va, je ne veux rien de ta main :
Tu m'as ravi Zelmire, hélas! tout m'importune;
Cruel, ta préſence me nuit :
J'abhore le jour qui me luit :
Et ce fer va bien-tôt finir mon infortune.

ALMORADIN *lui arrêtant le bras.*

Arrête, tourne ici les yeux, *
Et, ſi tu le peux, ſuis tes tranſports furieux.

* Le fond du Théâtre s'ouvre, & l'on voit une Rotonde magnifique;
dans laquelle ſont huit Statues, chacune ſur ſon piédeſtal : Zelmire eſt ſur
le neuviéme piédeſtal, lequel eſt plus élevé que celui des autres : au-deſſus
de Zelmire eſt un Baldaquin que des Amours ſoutiennent.

SCENE X *& derniere.*

ALMORADIN, AMURAT, ZELMIRE, ALADIN & ZELIDE.

AMURAT *laiſſant tomber ſon poignard, & courant
à Zelmire.*

AH! que vois-je, eſt-ce vous Zelmire?
ZELMIRE.

Cher Amurat, eſt-ce vous que je voi....
Ai-je pû vous quitter? Ciel, ai-je pû ſouſcrire....

AMURAT.

Vous en êtes encor plus digne de ma foi :
Vous ne me pouviez mieux prouver votre tendresse.
  J'ai vu votre extrême tristesse,
  J'ai vu les pleurs qui couloient de vos yeux,
Et de vos sentimens ces gages précieux
Me faisoient assez voir que c'étoit l'amour même
  Qui vous forçoit à me quitter ;
Trop heureux, à mon tour, si je puis me flatter
Que vous connoissiez bien à quel point je vous aime.

ZELMIRE.

Vous m'avez préférée au bonheur de vos jours,
Et vous vouliez, sans moi, renoncer à la vie :
  Ah ! puissiez-vous m'aimer ainsi toujours.

AMURAT.

  O Ciel ! que mon ame est ravie,
J'éprouve le plaisir le plus délicieux :
Si je le sentois moins, je l'exprimerois mieux.

ALMORADIN.

Aux transports les plus doux abandonnez vos ames ;
  Tendres Amans soyez heureux.
  Unis par d'agréables nœuds,
L'excès de vos plaisirs n'éteindra point vos flammes :
Et plus ils seront grands, plus votre amour croîtra ;
  Des soupçons jaloux & des craintes,
Vous ne sentirez point les cruelles atteintes :
D'autant plus fortunés que rien ne troublera
  Votre félicité suprême :
  Vous connoîtrez que quand on aime,
Le souverain bonheur consiste à s'assurer
  De n'être aimé que pour soi-même.

ALADIN à *Zelide*, *lui présentant le Miroir.*

Zelide, en ce Miroir voudrois-tu te mirer.

ZELIDE.

Nenni, ma foi, l'épreuve est par trop incertaine,
Et cause toujours moins de plaisir que de peine.

ALMORADIN.

Que pour partager vos plaisirs
Le marbre même ici s'anime ;
Vivez * que la douceur de vos premiers desirs,
Par d'agréables jeux s'exprime.

ALMORADIN *chante.*

Lorsque d'un amour extrême ,
On ressent le trait vainqueur
La plus parfaite douceur
Est de s'immoler soi-même.
Dans une sincére ardeur
La félicité suprême
Est d'assurer le bonheur
De ce qu'on aime.

* Il touche les Statues de sa baguette ; elles donnent des signes de vie ; descendent en cadence de leurs piédestaux , & forment un Ballet dans lequel elles caractérisent les premiers mouvemens de surprise & d'amour que leur vuë leur inspire mutuellement.

J'ai lû par ordre de Monsieur le Lieutenant Général de Police, une Comédie qui a pour titre *le Miroir*, & je crois que l'on peut en permettre l'impression. A Paris, ce 12 Octobre 1747. CRÉBILLON.

Vû l'Approbation du Sieur Crébillon , Permis d'imprimer, à la charge de l'enregistrement à la Chambre Syndicale. A Paris ce 13 Octobre 1747. BERRYER.

Registré sur le Livre de la Communauté des Libraires & Imprimeurs de Paris. N°. 3197. conformément aux Réglemens, & notamment à l'Arrêt du Conseil du 10 Juillet 1745. A Paris le 16 Octobre 1747. G. CAVELIER pere, Syndic.

De l'Imprimerie de BALLARD Fils ; rue S. Jean de Beauvais, à Sainte Cécile.

9 782014 085587